JOÃO PEDRO RORIZ

O SEGREDO DO MEU MELHOR AMIGO

1ª edição / Porto Alegre-RS / 2018

Capa e projeto gráfico: Marco Cena
Revisão: Sandro Andretta
Produção editorial: Maitê Cena e Jorge Meura
Produção gráfica: André Luis Alt

Dados Internacionais de Catalogação na Publicação (CIP)

R787s   Roriz, João Pedro
         O segredo do meu melhor amigo. / João Pedro Roriz. – Porto
         Alegre: BesouroBox, 2018.
         48 p.; 14 x 21 cm

         ISBN: 978-85-5527-068-0

                1. Literatura infantojuvenil. I. Título.

                                                          CDU 82-93

         Bibliotecária responsável Kátia Rosi Possobon CRB10/1782

Copyright © João Pedro Roriz, 2018.

Todos os direitos desta edição reservados a
Prefeitura Municipal Estância Turística Presidente Epítácio
Praça Almirante Tamandaré 16-19
Cep: 19470-000 - São Paulo
Fone: (18) 3281.9777
www.presidenteepitacio.sp.gov.br

Impresso no Brasil
Abril de 2018

"O essencial é invisível aos olhos."
Antoine de Saint-Exupéry

– As pessoas nunca sabem das coisas que realmente acontecem dentro de algumas casas. São segredos guardados a sete chaves.

Letícia pareceu confusa por alguns segundos e colocou a mão em um de meus ombros. Isso me assustou. Minha cabeça queria implodir. Algo em Letícia me contaminava com o perigoso veneno da paixão.

– Quer ir à praia com a gente hoje, Willie?

Eu queria dizer que sim. Quem não gosta de ir à praia com os colegas de escola? Mas havia algo mais forte, que tocava um tambor dentro de mim.

– Não gosto de ir à praia – menti.

Letícia ficou decepcionada. Tinha uma expressão de pena no rosto. Atrás dela estava o Gustavo. Puxou Letícia e, sem olhar para mim, disse:

— Anda, deixa ele aí.

É assim que o dia termina. Assim que o dia começa.

Alguém disse que antigamente as crianças de onze anos eram mais bobinhas. Não sei ao certo o que querem dizer com isso. Alguns colegas meus já namoram. Gustavo tem uma queda pela Letícia. Ouvi falar que os dois até se beijaram. Mas não quero acreditar nisso.

Meus professores parecem gostar de mim e puxam conversa comigo o tempo todo. Mas não gosto muito de conversar. Tem moleque que adora contar o que fez no final de semana. As meninas falam de jogos ou do passeio com o avô. Eu abro minha boca e de dentro saem apenas vazios. Vazios do som da TV que foi vendida na semana passada, vazios do som oco do meu estômago quando tenho fome e o vazio de meu armário de brinquedos.

Onde foram parar meus brinquedos?

Um dia, o professor me perguntou como era meu quarto. Pela primeira vez, me senti animado para falar. Contei que tenho uma baita cabana feita de lençol com um pôster do Rei Leão.

O professor sorriu e disse:

– Esse filme dos Estúdios Disney é baseado na peça de teatro *Hamlet*, de Shakespeare.

O professor continuou sua explicação cheia de vazios:

– Shakespeare adorava tragédias familiares. Um monarca enlouquece após ser traído por suas filhas em *Rei Lear*. Um príncipe dinamarquês tenta vingar a morte de seu pai, executado pelo próprio irmão, em *Hamlet*.

Levantei minha mão e disse:

— Desculpe, professor, mas todas essas histórias são tão...

Eu queria encontrar a palavra certa, mas ela não veio.

— São o quê, Willie? — indagou o professor.

Senti Gustavo estalar a língua de tédio atrás de mim. Olhei para Letícia e senti que ela estava prestando atenção. As palavras se transformaram em vazios, revoltaram-se dentro de mim e atiraram fogo em meu estômago.

Acabei vomitando.

Meus colegas riram de nervoso e gritaram de nojo. Assustado, o professor espalmou as mãos e disse:

— Calma, Willie. Isso às vezes acontece. Vou chamar alguém para ajudá-lo. Fique aqui!

O professor saiu correndo da sala e me deixou ali envergonhado diante de meus colegas e de todo o vazio que saíra de dentro de mim.

Depois do episódio do vômito, pensei que Letícia nunca mais falaria comigo. Estava enganado. No final do dia, lá estava na frente da escola, linda como sempre, à espera de algo que ela própria desconhecia.

– O que você ia falar hoje de manhã sobre as histórias? O que estava tentando dizer ao professor?

– Nada de mais. Só queria dizer que esses dramas familiares do teatro, do cinema e da TV são muito falsos.

Letícia riu:

– Por que está dizendo isso?

Os vazios começaram a se irritar dentro de mim, mas eu os controlei.

– São histórias tristes sobre famílias que sofrem – expliquei.

– Sim. E o que é que tem?

– Não são nada realísticas. Se fossem, não ficaríamos sabendo de sua existência. As pessoas nunca sabem das coisas que realmente acontecem dentro de algumas casas. São segredos guardados a sete chaves.

Letícia pareceu confusa por alguns segundos e colocou a mão em um de meus ombros. Isso me assustou. Minha cabeça queria implodir. Algo em Letícia me contaminava com o perigoso veneno da paixão.

– Você quer ir à praia com a gente hoje, Willie?

Eu queria dizer que sim. Quem não gosta de ir à praia com os colegas de escola? Mas havia algo, algo mais forte, que tocava um tambor dentro de mim.

– Não gosto de ir à praia – menti.

Letícia ficou decepcionada. Tinha uma expressão de pena no rosto. Atrás dela estava o Gustavo. Puxou Letícia e, sem olhar para mim, disse:

– Anda, deixa ele aí.

É assim que o dia termina. Assim que o dia começa.

O SEGREDO DO MEU MELHOR AMIGO

Mas teve um dia que começou um pouco diferente. O primeiro sinal da escola tocou e eu corri para não chegar atrasado à sala de aula. Tropecei em uma mochila e caí de cara no chão. Fiquei todo ralado.

Alguém estendeu a mão, mas eu recusei a ajuda. Não gosto de ser tocado.

Levantei-me sozinho. O moleque que havia tentado me ajudar ainda estava ali parado, me olhando com cara de bobo.

– O que você quer? – indaguei irritado.

– Te ajudar!

– Não preciso de ajuda.

O moleque tinha um boné virado para trás. Era ridículo! Nem sabia seu nome, mas parecia tentado a me seguir.

– Você também é aluno novo da escola? – me indagou.

– Sim. No sexto ano. E você?

O rosto do menino se alegrou por um instante:

– Eu também! Hoje é meu primeiro dia de aula e não conheço ninguém por aqui.

Dei uma risada interna. Primeiro dia de quantos dias? Para mim, todo dia era primeiro dia.

— Vai por mim — eu disse. — Você nunca conhecerá ninguém de verdade, não importa quantos dias se passem.

De repente, Gustavo apareceu por ali cercado de seus amigos idiotas:

— Olha só quem está aqui! É o bonitinho da rua!

O aluno novo quase fez cocô na calça de tanto medo. Estranhei:

— Você disse que não conhecia ninguém nesta escola.

O menino respondeu horrorizado:

— Pelo visto, estava enganado! Esse cara me odeia!

Quis perguntar o motivo, mas não foi necessário.

— Te falei para não chegar perto da Letícia! — esbravejou Gustavo.

— Eu não fiz isso, juro! — respondeu o aluno novo, acuado.

Gustavo apontou para Letícia, que chegava à escola naquele mesmo instante.
– Aquela menina se parece com alguém que você conhece?
– Desculpe! – gritou o aluno novo. – Eu nem sabia que ela estudava aqui.
Gustavo riu da resposta do menino:
– Você é doente da cabeça? Onde mais ela estudaria? Não importa! Vou te dar uma surra!
Eu bem que tentei intervir, mas não consegui. Gustavo deu um soco na cara do aluno novo e ele caiu no chão desmaiado. Letícia viu tudo e gritou por socorro. Logo, chegou um inspetor e levou Gustavo para a sala da Diretoria.

Dois dias depois, lá estava o aluno novo de volta à escola, dessa vez todo inchado e com um baita curativo no rosto. Tomava suco com canudinho e gemia todas as vezes que alguém lhe dava tapinhas na região machucada.

– Por que Gustavo te atacou? – indaguei. – De onde vocês se conheciam?

O aluno novo explicou que eram vizinhos. – Ele me viu conversar com a Letícia esses dias e ficou louco de ciúmes. Tive problemas parecidos em todos os lugares onde já morei.

Percebi que as meninas olhavam para o aluno novo e comentavam algo. Devia ser pelo fato de ele ser bonito. Senti uma pontada de inveja.

– Como você se chama? – indaguei incomodado ao perceber que Letícia também não tirava os olhos dele.

– Me chamo Eliú. É um nome hebraico. Significa "Ele é meu Deus" ou algo parecido.

– Você quer ir à praia com o pessoal no final da aula?

– Não sei – respondeu. – Você quer?

– Não... Não curto muito tirar a camisa.

– Também não.

Olhei Letícia de longe e, curioso, indaguei:

– Sabe dizer se a Letícia já beijou o Gustavo?

Eliú suspirou:

– Acho que não. Isso é uma mentira inventada pelo próprio Gustavo. Ela gosta mesmo é de mim.

A menina passava de um lado para outro, sempre de olho no aluno novo.

– E você gosta dela? – indaguei incomodado.

– Sim, muito.

– Pois não deveria – eu disse. – O amor não existe. O que existe é o interesse. Ela gosta de você porque as meninas te acham bonito. Ser bonito é uma maldição. Você é apenas um prêmio para ela.

O menino ficou sem palavras. Dei continuidade a meu raciocínio:

– Letícia é um problema sério! Vou me afastar dela de vez. Você deveria fazer o mesmo. Esse tal de Gustavo é violento. Você não quer acabar num necrotério, né? Além do mais, somos muito novos para namorar.

Eliú acabou concordando comigo. Respirei aliviado.

Todos os dias, Eliú aparecia na escola com os olhos inchados de tanto sono. Às vezes, passava a aula toda dormindo.

– O que está acontecendo com você? – indaguei.

– Eu não consigo dormir nunca – respondeu o rapaz. – Minha casa é assombrada.

– Como assim? – eu ri.

– Tenho pesadelos. Sonho todas as noites que há um anjo mau no meu quarto.

– Anjo mau? – estranhei. – Como um anjo poderia ser mau?

– Não sei explicar muito bem. É como se ele me protegesse enquanto me faz mal.

– Você já contou isso para sua mãe?

– Minha mãe tem dois empregos, Willie. Ela não tem tempo para esse tipo de bobagem. Depois que meu pai morreu, tivemos que nos mudar para este bairro e tudo ficou muito complicado.

– Você fica sozinho em casa?

– Sim, todos os dias.

Fiquei com pena do Eliú. Eu ficaria apavorado se tivesse que dormir sozinho em uma casa que mal conheço.

Percebi que Eliú não gostava de ir para casa depois da aula. Sempre inventava uma desculpa para estar na rua. Um dia, jogamos bola até escurecer. Eu estava morrendo de fome e louco para ir embora, mas Eliú queria ficar um pouco mais. Começou a chover. As árvores fizeram um barulho estranho e meu amigo olhou para a linha do horizonte com certa expressão de preocupação.

– É uma tempestade! – exclamei. – Precisamos ir, ou teremos problema.

– Não – respondeu meio gago. – Vamos ficar um pouco mais.

As nuvens de chuva se avolumaram. Um raio despedaçou uma árvore, que caiu sobre as linhas de transmissão de energia elétrica. A luz da rua se apagou imediatamente. Ficamos no escuro. Escutava apenas a respiração de meu amigo.

– Você está com medo? – indaguei.

Eliú não respondeu. Acho que era orgulhoso demais para dizer que sim.

– Quer que eu vá com você até sua casa?

– Não sei se você deveria – respondeu. – Ele pode ficar chateado.

– Ele quem?

– O anjo mau.

Debochei:

– Não seja ridículo! Vamos! Você está seguro comigo.

Para minha surpresa, Eliú pegou na minha mão. Fiquei um pouco apreensivo com isso, mas acabei deixando.

Partimos pela cidade escura. Tentei conversar um pouco. Era a única forma de expulsar o silêncio que parecia querer dominar o espaço entre nós dois.

– E a Letícia? – indaguei.

– Ela é linda – respondeu o rapaz, ainda apreensivo.

– O que você faria se fosse sua namorada?

– Ora, eu a beijaria.

– Mas acho que ela só curte meninos mais velhos.

Eliú deu de ombros:

– Gustavo é o único menino mais velho que ela conhece.

– Ele não deveria estudar na nossa sala. Não temos culpa se ele entrou na escola mais tarde que nós – resmunguei.

Quando chegamos à esquina, os trovões se intensificaram. Larguei a mão de meu amigo e lhe apontei o caminho:

– Sua casa é por ali.

– Sei bem onde é! – irritou-se Eliú.

– Quer que eu entre com você?

– Isso não seria nada bom.

Para minha surpresa, Eliú se despediu de mim com um beijo no rosto. Até que ponto essa intimidade chegaria? Não sei. Irritado e constrangido, limpei sua baba com a mão.

Eliú riu.

– Não se preocupe, Willie. Não sou portador de doença infectocontagiosa.

Meu amigo caminhou em direção às trevas. Um raio clareou a estrada e o trovão que se seguiu sacudiu a cidade com um grande estrondo. Eliú se assustou. Abriu um portão enferrujado que dava acesso ao terreno e entrou correndo em um casebre feito de madeira.

Naquele momento, refleti: "E eu que pensei que tivesse problemas. O que Eliú não faria para trocar de lugar comigo?".

Fiquei espreitando por alguns segundos a residência do meu amigo. Era parecida com todas as casas daquele bairro: era velha, feita de madeira, tinha sucatas no jardim e um cachorro vira-lata preso a uma coleira. A casa tinha janelas quebradas, através das quais era possível avistar um feixe de luz. Talvez fosse uma vela. Estranhei: "Se a mãe do Eliú trabalha de dia e de noite, quem poderia ter acendido aquela vela?". De repente, para meu espanto, vi a vela andar de um cômodo para outro dentro da casa. Por um momento, ela se apagou. Relaxei por alguns segundos. "Provavelmente, é a mãe do Eliú que chegou mais cedo do serviço." Mas, para meu horror, percebi que havia a silhueta de um homem adulto na janela. Tinha o rosto desfigurado e os dentes podres à mostra em um sorriso. Arrepiei-me da cabeça até os pés. Parecia um fantasma! Do jeito que apareceu, sumiu.

Corri com toda a força que tinha nas pernas. Ao cruzar a esquina, percebi que a luz havia voltado.

No clarear de um novo dia, parecia que a noite sequer havia espreitado a vizinhança. Era mais um "segundo-dia" de aula. Algo bom para se acostumar.

No dia seguinte, Eliú apareceu de novo na escola com os olhos inchados de tanto sono. Estava com o uniforme sujo e a aparência desleixada. Exausto, dormiu durante toda a aula de matemática. Pelos corredores, ouvi os professores preocupados cochichando sobre ele.

Mais tarde, fui até a quadra para a aula de educação física e encontrei Eliú tentando se concentrar nos exercícios. Letícia jogava basquete. E quando isso acontecia, cobria o rosto de vermelho e suas sardas desapareciam. Ela tinha covinhas na bochecha quando sorria. E os olhos eram camaleônicos, pois mudavam de cor ao longo do dia de acordo com a luz.

Vi a menina puxar assunto com Eliú:

– Vamos à praia hoje?

– Não, desculpe, não gosto de tirar a camisa em público – respondeu o menino.

– Uma pena – sorriu ela. – Você chega a ser feio de tão bonito.

Senti uma dor pesada no peito. Era como se um elefante se sentasse sobre meu corpo. Eliú se aproximou de mim e pediu para conversar em particular:

– Acho que ela quer "ficar" comigo. Estou apavorado! Nunca fiz isso na vida. Não sei bem como agir.

Meu coração estava repleto de dor. Algo sangrava aqui dentro. Só não sabia por quê.

– Apaixonado? – indaguei com desdém. – Esse lance de paixão não existe. Alguém já lhe disse como é que isso funciona? É uma coisa terrível! É imoral! É muito fácil se apaixonar. Difícil é lidar com a pessoa apaixonada por você. A paixão é dominadora. É como uma prisão que te impede de fazer o que quer e te prende de tal maneira que se torna impossível respirar!

Eliú ouviu meu relato e chorou por dentro:

– Você tem razão. Às vezes penso que a beleza é uma espécie de maldição.

– E é! – exclamei feliz por fazê-lo pensar desse jeito. – A beleza só atrai interesses.

Apontei para Letícia, que conversava com as amigas. De vez em quando, ela olhava para Eliú, acenava e sorria.

– Veja! Ela já está se vangloriando junto às amigas.

Eliú se decepcionou. Coloquei a mão em seu ombro e o consolei:

– Você decidiu ser meu melhor amigo. Então, deixe-me protegê-lo.

Eu estava manipulando Eliú e tinha consciência disso. Mas não me sentia arrependido.

Não podia deixar que aquele moleque "ficasse" com a menina dos meus sonhos! Era terrível o que eu e o "anjo mau" fazíamos com aquele pobre garoto. O anjo, durante as noites. Eu, durante o dia.

Eliú tirou péssimas notas nas primeiras provas do ano. Não conseguia mais acompanhar as aulas: vivia dormindo, estava sempre disperso e não falava coisa com coisa. Até que um dia, em plena aula de ciências, aconteceu algo inusitado: o menino simplesmente surtou!

O professor havia nos mostrado um cartaz com a ilustração de um corpo humano masculino com os órgãos internos à mostra. Na imagem, também era possível identificar músculos, nervos, ossos e cartilagens.

Eliú acordou e deu de cara com a grotesca imagem apresentada pelo professor. Enlouquecido, gritou:

– Você!

Tudo aconteceu muito rápido. O professor não conseguiu controlar meu colega. Tentei convencê-lo a não rasgar o cartaz, mas Eliú estava tão cheio de raiva que parecia carregar consigo todos aqueles trovões que habitavam o céu sobre sua casa.

Enquanto rasgava o cartaz, Eliú gritava:

– Isso é só um corpo! Nada mais que um corpo!

O cartaz foi totalmente rasgado. O professor tentou segurar Eliú, mas foi mordido no braço. Novamente solto, o rapazinho olhou para Letícia e gritou:

– Você é ridícula de querer algo de mim!

Letícia arregalou os olhos assustada.

– Corpos são corpos! O amor não existe! – gritou o menino.

Letícia começou a chorar. Gustavo a abraçou. Assustado, tentei conversar com Eliú. Disse a ele para se controlar. Mas não adiantou. Indignado, continuou a rasgar o cartaz do professor.

Uma assistente social, de nome Aline, foi chamada na escola para conversar comigo sobre Eliú. Perguntou-me muito mais coisas do que eu poderia responder sobre o recém-chegado. Dei-me conta de que não sabia quase nada sobre meu amigo e intimamente me senti culpado por seu surto. Contei a ela o pouco que sabia sobre seus delírios:

– Ele falou que sua casa é assombrada.

– Assombrada? – estranhou a assistente social.

– Sim. Estive lá uma vez. É terrível.

– O que você sabe sobre esse local?

– É um casebre velho emprestado pelo vizinho, que é tio do Eliú. A mãe dele quase não para em casa, pois tem dois empregos.

Aline anotou tudo e disse que checaria as informações. Disse-me que minha ajuda seria fundamental na recuperação de meu melhor amigo.

– Ele vai ficar bem? – indaguei.

– Sim, Willie, tudo vai ficar bem.

Fui convidado a visitar Eliú no hospital psiquiátrico. Durante o dia, tinha permissão para jogar bola comigo. Também estava liberado para ir à escola, mas contou-me que estava com vergonha do professor e dos colegas e que, por isso, preferia permanecer afastado por enquanto.

– Acho que Letícia nunca mais vai querer me ver! – lamentou o rapaz.

Senti-me um pouco culpado, mas intimamente fiquei feliz ao saber que os dois não ficariam juntos.

– Me conte, por que você mordeu o professor? – indaguei.

– Ele não me deixou rasgar o cartaz. Aquele desenho me enfureceu.

– Por quê? Era só a ilustração de um homem.

– Não vamos falar sobre isso, tá bom? – gritou Eliú. – Eu estava muito cansado naquele dia. O anjo mau não me deixava dormir há meses.

Resolvi não insistir no assunto.

Eliú contou-me que podia trabalhar na horta do hospital e que esse era seu local favorito. No final da tarde, recebia amparo dos profissionais do CREAS (Centro de Referência Especializada de Assistência Social) e, à noite, fazia sessões de terapia com um psicólogo.

Entre os profissionais do CREAS estava Aline, sempre sorridente. Na primeira oportunidade que tive, perguntei para ela:

– O que vocês fazem todos os dias com meu amigo?

Aline devorava uma gelatina no refeitório:

– Lembra daqueles trovões que você contou que viu sobre a casa do Eliú?

– Lembro.

– Lembra do fantasma que você viu na janela?

– Sim, lembro – arrepiei-me.

– Somos peritos nesse tipo de assombração que afeta as famílias de nossa cidade.

– Algo parecido com caça-fantasmas? – indaguei curioso.

Aline riu:

– Sim. Mais ou menos isso.

Um dia, fui visitar Eliú no hospital e encontrei-me com Letícia. Olhei para o estacionamento e vi que sua mãe a esperava dentro do carro.

– O que está fazendo aqui? – indaguei surpreso.

– Vim ver como estão as coisas.

Letícia tinha um cheiro tão bom que, uma vez aspirado, descia por minha narina, ocupava espaço em minha boca e explodia em formato de beijos imaginados.

– Eliú não vai gostar de te ver – apressei-me em dizer. – Está envergonhado demais.

Imediatamente, me senti culpado por mais uma vez tentar afastar duas pessoas que se amavam.

– A ideia de vir aqui foi da minha mãe – explicou Letícia. – Ela acha que os amigos podem ajudar nesse momento difícil.

– Eliú ficará feliz quando eu disser que esteve aqui.

Naquele momento, pensei: "Ele nunca saberá!".

Letícia pareceu sofrer por alguns segundos. Um tremelico alcançou a parte mais sensível de sua nuca.

– Willie, fale um pouco mais sobre o Eliú.

Preocupado com todo aquele interesse de Letícia, fingi indiferença:

– Ora, o Eliú é um cara legal. Só é muito perturbado. Acredita em coisas que não existem. Não sei bem ao certo por quê.

Letícia colocou a mão em meu ombro. Olhei para sua mão pousada ali e tive a sensação de que fosse explodir. Mas isso não aconteceu e acabei deixando.

– Acho que todos já sabem o motivo, Willie, menos você.

– Todos? Como assim? – assombrei-me.

Para minha surpresa, Letícia tinha lágrimas nos olhos. Abraçou-me. Fiz carinho em sua cabeça e tentei consolá-la, mas ela não parou de chorar. A menina então me deu um beijo no rosto e disse:

– Você chega a ser feio de tão bonito.

Fiquei paralisado por alguns minutos. Letícia afastou-se um pouco e, antes de ir embora, disse:

— Andei fazendo algumas pesquisas. Segundo as histórias bíblicas, "Eliú" é o nome do personagem que ajudou Jó a superar suas perdas. Você tinha razão, Willie. As pessoas nunca sabem das coisas que realmente acontecem dentro de algumas casas. Mas agora, graças ao Eliú, elas saberão.

Letícia deu um sorriso triste e se despediu. Afastou-se vagarosamente e pude ver seu espectro perder as formas originais e se transformar em um grande nada. Arregalei os olhos assustado e percorri o caminho atrás dela. Não a encontrei. Fui até o local onde o carro de sua mãe estava estacionado e não vi nada por ali. Entrei assustado no hospital e pedi para falar com urgência com Eliú. Um homem de jaleco branco percebeu que eu estava alterado e tentou me acalmar.

Vários tambores começaram a tocar dentro do meu peito. De repente, escutei a voz de Letícia:

— *Você quer ir à praia com a gente hoje?*

Ouvi a voz de Gustavo:

– *Anda, deixa ele aí.*

Ouvi Eliú gritar:

– *Isso é só um corpo! Nada mais que um corpo!*

De repente, me vi deitado no pátio da escola. Havia acabado de tropeçar em uma mochila e estava todo ralado. Alguém estendeu a mão, mas eu recusei a ajuda. Não gosto de ser tocado. Levantei-me e achei que encontraria o Eliú. Mas quem estava ali era a Letícia:

– *Você chega a ser feio de tão bonito!*

Olhei ao redor à procura de Eliú. Ele não estava ali. Logo, chegou o Gustavo:

– *Eu te falei para não chegar perto da Letícia!*

Confuso e assustado, tentei me explicar:

– *Desculpe! Eu nem sabia que ela estudava aqui.*

Gustavo estranhou:

– *Você é doente da cabeça? Onde mais ela estudaria? Não importa! Vou te dar uma surra!*

Foi quando Gustavo me deu um soco. Ainda pude ouvir Letícia gritando por socorro. Caí no chão e desmaiei.

Quando me dei conta, não era mais a voz da Letícia a pedir socorro e sim a voz do enfermeiro gritando no *hall* do hospital psiquiátrico:

– Uma maca, rápido! O paciente desmaiou! O paciente desmaiou!

Acho que agora os dias pararam de se repetir.

Na sala do doutor, sinto que sou livre para dizer o que quero e o que sinto. As palavras não se transformam mais em vazios. E quando não tenho palavras para expressar meus sentimentos, sou estimulado a usar outras formas de linguagem.

– Reconhece essa imagem, Willie? – indagou o psicólogo ao entregar-me um desenho que eu havia feito logo em meus primeiros dias no hospital.

– Sim – respondi. – Fui eu mesmo que fiz, algumas semanas atrás.

Ali, havia o desenho de uma casa cheia de raios, um menino olhando de longe e o espectro de um fantasma na janela.

– Essa casa é de quem? – perguntou o doutor.

Tive vontade de dizer que era do Eliú. Mas me contive. Lembrei-me do que Letícia havia me dito. Lembrei-me de seus olhos chorosos. Ela estava sofrendo. Eu precisava me concentrar e dizer a verdade.

Os tambores começaram a tocar dentro de mim. Os vazios começaram a querer se esparramar. Mas, agora, eu era capaz de transformar os vazios em palavras. E foi o que eu fiz:

– Essa é a minha casa.

– Me descreva o que você desenhou nesse papel – propôs o psicólogo.

Fechei os olhos e me lembrei daquele dia. Ao chegar à esquina de minha casa, encontrei-me com o anjo mau:

– *Quer que eu entre com você?* – propôs ele.

– *Isso não seria nada bom* – eu respondi.

O anjo mau me deu um beijo no rosto. Até que ponto essa intimidade chegaria? Não sei. Mas não gostei. Limpei sua baba com a mão.

O anjo mau riu:

– *Não se preocupe, Willie. Não sou um portador de doença infectocontagiosa.*

Tomado de nojo, corri pelas ruas escuras e desapareci. No dia seguinte, fui para a escola com sono e todo sujo. Passei a fazer isso todos os dias. Não queria mais ir para casa.

Até que um dia, durante a aula de ciências, tive um surto e mordi o braço do professor.

Meu rosto estava banhado de lágrimas. O psicólogo imediatamente me passou outro desenho que eu havia feito logo no primeiro dia de internação. Era a ilustração de um corpo masculino com os órgãos internos à mostra.

– Esse desenho é igual ao cartaz que eu rasguei durante a aula de ciências – expliquei.

– Me conte, por que você mordeu o professor?

– Ele não me deixou rasgar o cartaz. Aquele desenho me enfureceu.

O psicólogo insistiu:

– Por quê? Era só a ilustração de um homem.

– Não vamos falar sobre isso, tá bom? O Eliú estava muito cansado nesse dia. O anjo mau não o deixava dormir há meses!

Percebi que não era a primeira vez que travávamos esse diálogo. O psicólogo não se deu por convencido e fez mais uma pergunta:

– Quem é o anjo mau, Willie?

As lágrimas brotaram de meus olhos. Apontei para o desenho:

– É esse homem feito apenas de músculos e sangue. Nele não existe amor, apenas carne.

O psicólogo assentiu com a cabeça.

– Você está indo muito bem, Willie. Não se preocupe. Não fez nada de errado. Conte-me: quem é essa pessoa desenhada por você?

O psicólogo me passou uma foto onde havia vários membros de minha família. Entre eles, o anjo mau. Temeroso, apontei o dedo para seu rosto.

– É ele!

O psicólogo respirou pesadamente. Depois, mostrou-me um terceiro desenho que eu havia feito. Era a imagem de uma menina e de um menino na porta do hospital psiquiátrico.

– Essa é a Letícia – eu disse. – Ela veio aqui apenas para contar-me a verdade.

– E que verdade foi essa?

Engasguei-me por alguns segundos:

– Que o Eliú não existe! É só um nome inventado. "Eliú" ao contrário é "Willie".

O psicólogo entrelaçou as mãos e com tranquilidade indagou-me:

– Por que criou esse personagem, Willie?

Entristecido, respondi:

– As verdadeiras tragédias familiares são guardadas a sete chaves, doutor. Depois que meu pai morreu, precisamos nos mudar para essa casa emprestada por meu tio. Passamos fome. Minha mãe vendeu meus brinquedos para comprar comida. Depois, arrumou dois empregos e passou a dormir no serviço. Eu tinha muito medo. Meu tio, que é nosso vizinho, começou a me fazer companhia durante a noite. Ele dizia que era meu anjo protetor. Mas, todas as noites, se deitava ao

O SEGREDO DO MEU MELHOR AMIGO

meu lado e me pedia para fazer coisas que eu não queria fazer. Eu não aguentava mais sofrer. Sentia-me sujo, mas o banho não me limpava. Ia para a escola e não me sentia uma pessoa digna. Tinha medo que meus colegas desconfiassem de alguma coisa e me afastava de todos. Passei a me sentir só. Eu havia perdido tudo. Foi quando eu conheci a história de Jó. Identifiquei-me. Ele havia perdido tudo, menos seu melhor amigo, "Eliú".

O psicólogo respirou tranquilamente e disse:

– Mas, ao contrário de Jó, você não perderá sua família.

Comecei a chorar:

– Minha mãe vai me odiar para o resto da vida se meu tio for preso por minha causa. Se ela me abandonar, quem vai cuidar de mim?

O psicólogo apontou para o desenho da casa mal-assombrada:

– Esse medo é seu fantasma na janela, Willie. Esse fantasma foi criado por seu tio para que você não o delatasse. Não se deixe levar por essa visão distorcida da realidade. A essa altura, sua mãe já sabe que seu tio precisará, de alguma

43

forma, corrigir os erros que cometeu. Existem leis de proteção à criança e ao adolescente que foram desobedecidas. Logo, ele precisará pagar por isso. Seu tio também precisará enfrentar a fera que está dentro dele com sessões de terapia. Quanto a sua mãe, não se preocupe. Será orientada a partir de agora pela equipe do CREAS. Ela fará parte do projeto de aconselhamento, fortalecimento de vínculos e proteção familiar coordenado pela Aline. Esse projeto visa ao fim das ameaças e da violação de direitos. Vocês terão a chance de entender tudo o que passou, se unir e se recuperar.

Levantei-me e, com lágrimas nos olhos, abracei o psicólogo com toda a força que tinha.

– Obrigado, doutor.

Não posso dizer que estou totalmente curado. Acho que nunca estarei. Mas, agora, sinto que a vida está um pouco mais simples. Ainda temo a intimidade e o toque. Ainda tenho um pouco de dificuldade de confiar nas pessoas. Mas, aos pouquinhos, aprendo a lidar com todos esses sentimentos.

Foi duro voltar à escola e não encontrar mais o Eliú. Sentirei saudades daquele boné idiota virado de lado. Mas, agora, não preciso mais de alguém para sofrer por mim. Estou pronto para enfrentar os desafios da vida.

E isso se resume a um só local e a um só momento: eu, na praia, com meus colegas de sala de aula, sem camisa, apreciando o tempo de todas as coisas. O vento fluindo pelos cabelos e a beleza do mundo a devorar minhas retinas.

De longe, sinto que sou observado com admiração pelos olhos camaleônicos da Letícia. Acho que um dia saberemos expressar em palavras o que sentimos um pelo outro. Mas, por enquanto, crianças que somos, deixamos apenas que a natureza de nossos corações se torne livre.

Livre para sentir!

25